KB111961

시즌3

노곤하개 7

홍끼 글·그림

비아북
ViaBook Publisher

랜선집사 모두 모이개!

반려동물을 키우는 건 굉장히 힘든 일입니다.

힘들고, 힘들고, 또 힘들어요.

매일같이 산책과 청소를 하고, 배설물을 치우고, 털을 빗겨주고,

밥은 물론, 간식도 잘 챙겨줘야 하고 시간을 내서 놀아줘야 하죠.

병원비는 어찌 그리도 많이 나오는지,

항상 영수증을 받고 깜짝 놀라곤 합니다.

많은 집사들은 이 말에 공감하고 계실 거예요.

반려동물은 사람과 같이 감정을 느끼고 나타내죠.

혼자 있으면 외로워하고, 집사가 놀아주지 않는다면 서운해해요.

그래서 언제나 내버려두지 않고, 같이 놀고 쉬고 모든 걸 공유해요.

그렇지만 언제나 반려동물과 함께하고 싶은 사람들도

반려동물을 선뜻 데려오지 못합니다.

생명을 책임진다는 건 너무 무거운 일이고
기를 수 있는 환경, 가족의 동의, 경제적 여유로움 등
너무 많은 것들을 따져봐야 하기 때문이죠.

맞아요. 반려동물 키우지 마세요, 너무 힘들어요.
그렇지만 '랜선집사'가 되는 건
여러분도 할 수 있어요!
재구, 홍구 그리고 줍줍, 윤두, 매미의 랜선집사가 되어주실 분들께
이 책을 바칩니다.

2020년 4월

멍냥집사 홍끼

차례

6 시즌 3 프롤로그

14 다시 돌아온 제주도 (1)

21 이사했을 때 반려동물의 불안감을 줄여주기 〈수의사 꿀팁〉

22 다시 돌아온 제주도 (2)

29 이사 온 고양이, 강아지들 〈사진일기〉

30 낚시터 고양이들 (1)

38 낚시터 고양이들 (2)

47 낚시터 고양이들 〈간단만화〉

48 할머니 만나러 간 날

55 할머니와 구 〈사진일기〉

56 구들과 강아지 친구들

65 강아지의 사회화 〈수의사 꿀팁〉

66 고양이 긁긁이

74 매미의 먹성

82 홍구의 색 변화

90 우리 집은 공사 중

97 침대를 점거한 구들 〈사진일기〉

98 홍구와 장마

106 중·대형견을 키운다는 것

114 멍냥이들의 작업 방해하기

123 작업 방해하기 〈간단만화〉

124 막맹이 이야기 (1)

131 막맹이 〈사진일기〉

132 막맹이 이야기 (2)

139 동물등록 〈간단만화〉

140 막맹이 이야기 (3)

147 막맹이와 아기들 〈사진일기〉

148 고양이 마당 만들기

156 육아 스트레스

164 장거리 연애

172 맘미의 변화

180 실내견의 털갈이

188 멍냥이와 발톱

196 육아 일기 (1)

205 아기들의 성장 일기 〈사진일기〉

206 육아 일기 (2)

214 멍멍이와 자동차

223 차에 탄 구들 〈사진일기〉

프롤로그

드넓은 하늘!

시원한 바다!

저도
살러 왔습니다.

쿰쿰!

고양이들도
다 데려왔지롱~!

뽀짝   얌미

삐용

너⋯ 진짜
본격적이구나⋯

뚜르르…

나도 있지롱~!
나도 한 달 살기 하러
갈 거야!!!

역시 조용히는 못 사는구나!

쩔 수 없네
쩔 수 없어~

멍멍이 둘, 고양이 둘

그리고 갑자기 나타난
객식구들과 함께하는

다시 돌아온 제주도 (1)

답답한 도시 생활을 벗어던지고 새롭게 시작된 시골 Life-

야아

효오오!

새로 깔끔하게 정리된 집과

반짝

고양이 전용 마당까지…

예쁜 마당, 흐드러진 꽃들

…는 무슨 공사하는 중에 이사 와버렸다.

와장창 쿠당탕탓타

환상은 정말 환상이었음

제주도의 옛날 집 형태는 마당을 가운데 두고 안채와 별채가 마주 보고 있는 형식인데

안채

별채

별채에 세 들어 갈래!

근데 별채가 여전히 공사 중이었던 것이다.

…

콰콰쾅

쾅!

그래서 콕이가 당분간 안채 방 하나를 쓰게 되는 바람에

끼얏호! 바다 가야지!

동물 농장이냐.

얌-옹

삐요옹!

꾸흥흙

애앵애~

오옭~

싸우면 어떡하지…?

콕이네 3냥이 추가

생각보다 아주 쉽고 빠른 합사가 가능했다.

커플

틱 틱

커플

뭐야 인싸 놈들… 어? 남을 막 그렇게 쉽게 믿으면 안 되는 것이여.

고양이들에겐 새집 적응이 어려울까 걱정도 했었지만

긴~장

괜찮으려나 이놈들…?

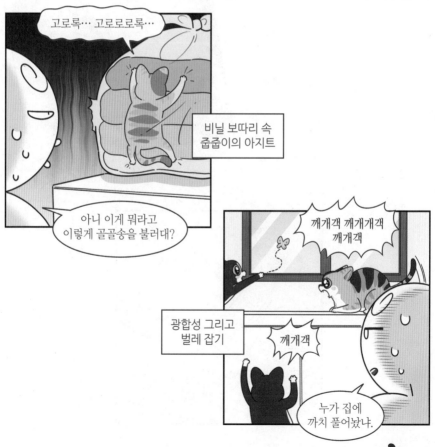

방금 한 불고기 위에
털이 쌓이는 게
라이브로 보이는 정도-

털럭도
반찬이다.

익숙

실제로 사인회 때 쿠키 직접 만든 거
드리려고 하루 종일 쿠키만 구웠는데

댐잇…!

쿠키에 털이 한두 개씩
박혀 있어서 포기했다.

… 포상
아닙니까?

아까웡.

야아 먹는 걸로
장난치지 마라~

19

그렇게 공사가 끝나기만을 기다리며
오손도손 지내던 중

추적…

추적…

장마 때문에
공사가 안 끝나…

샤삭

샤샤샥

그 녀석- 들이
나타나기 시작했다.

가아아아악

고양이는 강아지보다 훨씬 예민해서
새집에 적응하는 데 시간이 많이 걸려요.

이사했을 때 반려동물의
불안감을 줄여주기

강아지

이사 후 처음 며칠간은 새로운 환경에 친숙해질 수 있도록
강아지와 함께 집에 있는 것이 가장 좋습니다.
바쁘더라도 놀이 시간을 갖고 강아지들이 필요로 하는
사회적 상호작용과 에너지 욕구를 충족시켜주어야 합니다.
부득이하게 강아지를 혼자 두어야 한다면
강아지가 휴식을 취하거나 잠잘 때 떨어지도록 노력합니다.
강아지를 혼자 두는 시간은 점진적으로 늘려갑니다.
이사하기 전 훈련 시간을 갖는 것이 좋으며, 이미 훈련되어 있더라도
이전 훈련을 반복하는 시간을 가지면 이사 후 혼란을 줄일 수 있습니다.

친숙한 물건과 가구가 모두 배치되면 고양이를 이동장에서 나오게 하는데,
화장실과 식기 등 원래 사용하던 물건들을 방 안에 준비하고,
그 방에 익숙해질 때까지 머물게 합니다. 그동안 이동장은 열어둡니다.
고양이가 숨거나 집 안을 탐험할 때 문제가 될 만한 공간은 없는지,
모든 문과 창문이 제대로 닫혀 있는지 점검한 후
고양이가 새로운 집을 탐험하도록 도와줍니다.
또한 고양이가 집에 적응하는 시기에는 집 안을 수리하는 등
큰 소리를 내지 않도록 합니다.
여의치 않다면 호텔링을 고려해보는 것이 좋습니다.

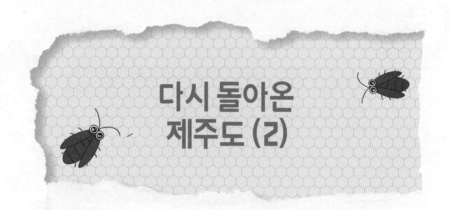

다시 돌아온 제주도 (2)

세상에는 다양한 멍멍이들이 존재하듯이

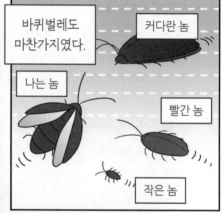

바퀴벌레도 마찬가지였다.

커다란 놈

나는 놈

빨간 놈

작은 놈

열심히 일을 하다가도

꽤애애애 애아아악!

벌레 무서워함

야야 줍줍아!
일어나 봐.

줍줍아 줍줍아
아 빨리 급함.

...얽?

부시시...

이삿짐 비닐을 뚫고 들어가
주무시는 줍줍이를 깨워서

바퀴벌레와
대면하게 했다.

깹

두둥...

깱

꼬롬

저, 저 세차게 떨리는
주둥이를 봐!!!

깨깨깨꺽
깨깨깨꺾

저건 분명
바퀴를 잘게 씹어
으깨주겠다는 신호!

줍줍이도
바퀴가 무서웠다.

와까꿍;

야아이
고양이가 돼서

그러면 안 되지
이놈아.

바퀴벌레가 줍줍이
가까이에 오자

뿅!!

앞발로 걷기를
터득해버렸다.

그리고 2번 타자 욘두.

......

갑자기 신이 나버린 줍줍이는

충충 충 충충 충충

꿍디 쌜룩

뭐야 왜 저렇게 신났어.

종구 옆으로 가서 바퀴벌레를 뱉었다.

뷔-

철퍽

꺄아악 갸야악

당사자는 신경 안 씀

샤 샤 샤 샤 샤 샤 샤 샤 샤 샤 샤

결국 줍줍이는
바퀴 따위에 지지 않는
강한 고양이가 되었고

콕이는 집에
가고 싶어졌다.

고양이가 벌레를 잡고, 먹는 건 아주 자연스러운 행동이에요!

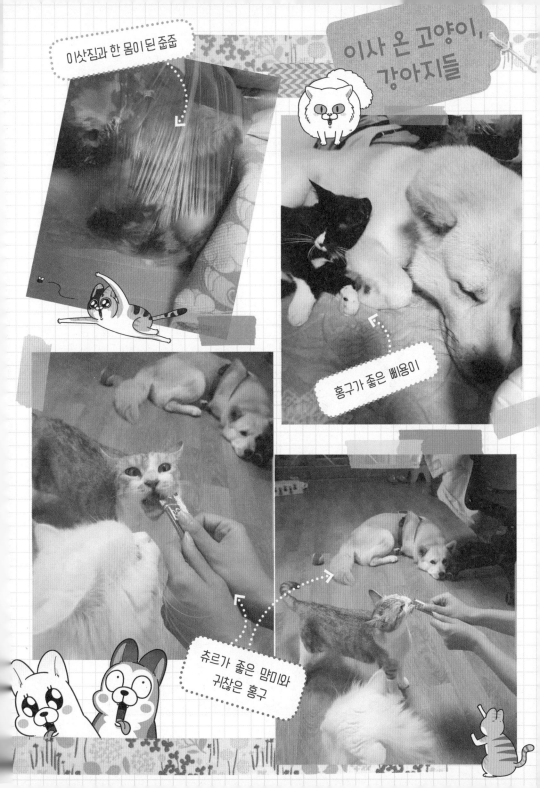

이사 온 고양이, 강아지들

이삿짐과 한 몸이 된 줍줍

홍구가 좋은 삐용이

츄르가 좋은 맘미와
귀찮은 홍구

낚시터 고양이들 (1)

낚시하러 가자!

예~!

제주도에 온 나는 콕이와 함께
가끔 낚시를 하러 간다.

야 니들은
안 돼!

개도
데려가라.

뭐야 개는요.

깨애애애애애액!!!!!!!!
깨애애애액!!!

구들은 물고기를 보면
엄청 흥분해서 데려가지 않음.

아 진짜
부끄러워!

지난번 낚시의 기억

좋아 이번에는
조용한 낚시를
즐길 수 있겠는걸…!

구들아 물고기
많이 잡아 올게~!

흥

그런데 의외의 복병들이
등장한 것이다.

뾱

으응

뭐야
귀여워!!!

처음에는 그저 바닷가 근처에 사는구나-
하고 생각했던 고양이들은

너도 낚시하러
왔어?

프로 도둑냥이었다.

너를
낚으러
왔지.

야 이눔아!!!

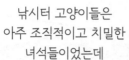

낚시터 고양이들은
아주 조직적이고 치밀한
녀석들이었는데

앗 삐용이다!
조심해!

[낚시터 삐용이]
삐용이와 똑같이 생김

특히나 삐용이는
인간이 안 보는 사이에
몰래 물고기통까지 가는

삐용이 갔나?

놀라운 기술을
가지고 있었다.

돌 사이에
숨기

그리고 귀여워!
이 귀여운 자식!

(대충 귀여우니 됐다는 표정)

결국 한 마리 줬다.

캅!

진짜
좋아하네…

이렇게 몇 번을
반복하다 보니

팔락

팔락

삐용이는 본격적으로
초보 낚시 인간들을

호구로 보기
시작한 것이었다…!

야 너 진짜 그만 먹어!

우리 집 짐승들
먹여야 된단 말이야!

그리고 엄마 냥이가
찾아오기 시작했다.

그만 와…

탈

탈

낚시터 삐용이.

날생선은 기생충 감염의 위험이 있으니
집고양이에게는 고양이 전용 사료와 간식을 급여해요.

낚시터 고양이들 (2)

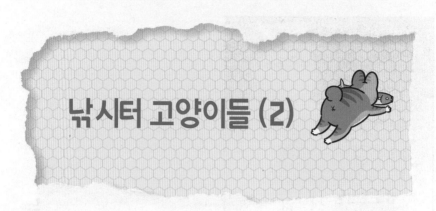

낚시터 고양이들은 유난히

동~글

동그란 얼굴과 동그란 눈이 특징이었는데

뭐야 동정심 유발에 특화된 건가…?

엄마 냥이는 그중 가장 동그랬다.

동

글

동그라미로 이루어진 고양이

호시탐탐
물고기를 훔쳐 가려는
삐용이와는 달리

어허
삐용구리!

가만

엄마 냥이는 뒤에서
가만히 쳐다보는데

39

그리고 순식간에 다시 온다.

또 줘요

뭐야 아까 줬잖아!
나는 뭐 먹고 사니.

슬쩍

…?

아… 아기한테
갖다준 거구나?

찹찹찹

알았어 또 줄게.

또 바로 옴.

뭐야 왜 또 바로 와!

꼬꼭~

흐윽

흑

둘째 줬음.

냥냥

잔잔

으아…!

알았어 한 마리만 더 준다.

그리고 모두의 예상대로
엄마 냥이는 또 바로 왔다.

그럴 줄 알았어!

엄마 냥이는 4마리의 아기가 있었고
나는 총 5마리의 물고기를 뜯겨야 했다.

구들아 미안…!

낚시터에 갈 때마다
이런 일이 벌어지기 때문에

삐용이

2~3마리는 꼭
가져가려고 한다.

엄마 냥이

최소 5마리 이상

이대로는 안 된다.

고양이들 밥을 따로
챙겨 가야겠어!

터엉…!

습식 캔에 사료를 비벼서 들고
낚시터로 향하기로 했다.

그리고 어김없이
고양이들이 왔다.

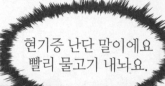

현기증 난단 말이에요
빨리 물고기 내놔요.

질색

야 이놈들아!!!!

낚시터 고양이들은 정말 철저하게도
내가 준비해 온 사료를 무시했다.

퉤

스윽
슥

너희들 진짜
잘 먹고 잘 사는구나…

내가 물고기를 안 주니까
다른 아저씨한테 간다.

어휴, 그만 와.

한 개만 먹어!

……

어쩐지
털에 윤기가 좔좔
흐르더라니…

구들과 줍욘이는 그날

내가 잡아 온 생선들을
맛있게 먹을 수 있었다.

엄마 냥이.

아기 냥이.

임신한 암컷 고양이는 일반적으로
4~6마리의 아기 고양이를 낳아요.

낚시터 고양이들

낚시터 고양이들은 굉장히 비싼 입맛을 자랑합니다.

그거 킬로당 얼마임?

엇…! 전갱이가 걸렸네!

초ー롱!

이건 너희들 먹어라.

전갱이 [저렴함]

툭

저렴한 생선은 먹지 않습니다.

낚시터 고양이들의 픽은

벵에돔 [고급 어종]

고급진 녀석들…

할머니
만나러 간 날

할머니
보러 가자~!

제주도에 내려와서 구들과
할머니를 만나러 본가에 갔다.

할머니~
할머니 없나?

할머님 낮잠
주무시나 봐요.

할머니~

할머니는 내가 집에 올 때마다 항상 매미를 불러서

메리~~~ 메리야~~~

매옹

매미에게 누나가 온다는 소식을 전해줬더니 매미가 좋아서 눈을 꿈뻑거리며 뒹굴더라~

메리가~ 이렇게~ 저렇게~

라는 말을 해준다.

ㅋㅋㅋㅋㅋㅋ

정작 매미는 누나 와도 별 신경 안 씀.

왔는갑다.

누나는 신경 안 쓰지만

나한테 관심을 좀 그렇게 가져봐라.

참치…!

누나가 가방에서 꺼내는 건 엄청 신경 쓴다.

또 오랜만에 만난 매미와 구들은

무신경

이놈들… 찐형제다!

[작가네 남매의 오랜만에 봤을 때 반응]

나 옴~

어~

실제로 구들은 다른 고양이들
소리에는 반응하지만

야옹

아 뭐야.

매옹

매미의 울음소리에는
조금도 반응하지 않는다.

그래도 뽀뽀는 한 번씩 해줌.

뽑~

뽑~

……

오랜만에 가족들과 함께
식사를 했는데

[아빠] 매미를 챙겨준다.

뜨거우니까 식혀서 먹어야 돼.

후.

후.

[할머니] 구들을 챙겨준다.

돼지고기 솖은 거 먹으라!

고기.

고기 주시개.

[엄마] 종구와 콕이를 챙겨준다.

이것도 먹고 이것도.

와아아.

나는…!! 나도 챙겨줘!!

친정에 왔는데 외로워졌다.

그날 구들은 오랜만에 맛본
할머니의 사랑 덕분에
신나게 설사를 했다.

강아지는 지방을 과다 섭취할 경우 배탈이 나기 쉬우니
고기는 소량만 급여해야 합니다.

할머니와 구

할머니 보러 와서 좋은 홍구

기분 좋은 재구

할머니가 아끼는 재구

구들과 강아지 친구들

구들과 제주도에 살게 되면서
알게 된 뜻밖의 좋은 점은

제주도는 강아지와 갈 수 있는 곳이
훨씬 많았다는 점이다.

헉 애견 동반 카페가
이렇게 많았나?

한적한 카페에서
아메리카노를 마시며
콘티 짜면서

발밑에는 구들이
새근대고…

이거 뭔가
꿈꾸던 삶에
가까워진 기분…!

구들도 이런 곳에
같이 오는 걸 좋아하는데

카페
간다~

그 이유는

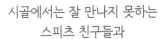
시골에서는 잘 만나지 못하는
스피츠 친구들과

가끔씩 인사를 할 수
있기 때문이다.

왜 이렇게 스피츠 친구들에게
집착하는지는 집사도 알 길이 없다.

취향이군.
취향이야.

사는 동네 근처에서도
친구들을 많이 사귈 수 있었는데

가끔 들르는 식당의 해피

진트리버라니 너무 귀엽다…!

해피는 해피해요

※진도+리트리버

구들이랑도 친해질 수 있겠는걸!

게다가 암컷이야!!!

리트리버답게 사교성이 엄청나다.

자 구들아 인사해봐!

살랑~   살랑…

무관심…

야 이놈들아!
해피 무안하게!!

뜻밖에 옆에 서 있던
종구와 친해져서

헤헤.

꼬옥~

해피는 종구를 만날 때마다
일어나서 꼭 안아준다.

그나마 카페나 음식점을
돌아다니면서

안녕하개.

취향의 친구들을
만날 수 있어서
다행인 것 같다.

그러던 그 순간

재구는 오랜만에 카페에서 만난
멍멍이와 사랑에 빠졌다.

강아지도 취향에 따라 좋아하는 친구와
관심 없는 친구를 나누기도 해요!

강아지의 사회화

3주에서 14주령은 강아지의 사회화가 진행되는 중요한 시기입니다.

이 시기에 사회화의 기회를 충분히 갖지 못하면

나중에 다른 동물이나 사람들과 잘 어울리지 못할 수 있습니다.

사회화는 긍정적인 경험이 중요합니다.

새로운 경험을 할 때마다 좋아하는 간식과 칭찬으로 보상해주어야 합니다.

먼저 가족 구성원들에 적응하는 훈련을 한 뒤,

낯선 사람을 한 명씩 접하도록 합니다.

작은 자극에 익숙해지고 예방접종을 모두 완료했다면

이제 집 근처 산책로 등 새로운 장소에 적응하는 연습을 합니다.

다른 강아지들과 만나 싸움, 추격, 방어와 같은 놀이를 하면서

성숙한 동물이 되는 법을 배우게 합니다. 이때도 보상은 필수입니다.

강아지가 사회화 적응 훈련 시기를 놓쳤다고 해도 훈련은 가능합니다.

이때 새로운 환경을 천천히 접할 수 있게 하되,

보호자의 주의, 관찰이 필요합니다.

간식과 칭찬으로 보상하여 강아지가 불안감을 극복할 수 있게 도와주세요.

공포심이 심하다면 약물요법을 병행하는 방법도 있습니다.

고양이 긁긁이

제주도로 이사 오기 전부터
나는 한 번씩 제주도로 가서

할무니 나 왔어~

공사 진행 상황을
보곤 했었는데

항상 엄마 아빠와 함께
공사가 되고 있는 집에 가 보면

?

하루

이틀

한참 후
어느 날도

고양이는 항상 우리 집에
상주하고 있었다.

야 시멘트 발자국
네가 찍었지!

이사 온 후까지도 고양이는
우리 집 마당을 계속 드나들어서

오늘부터
긁긁이라고 부르자!

누가 보면
긁긁이네 집인 줄.

긁긁이는 이름대로
너무 잘 긁었고

냥버린이냐!

우리 집 감나무를
아주 난도질을 해놨다.

일하다가 창밖을 보면

여보야 저 봐라 저
저놈 저거 저거.

왜용?

얆용?

남친을 데려와서
연애질이여!

긁긁이의 남친
가루냥

아주 자기네 집이
따로 없다.

먹든지
말든지.

보다 보니 정이 들어서

길냥이용 저렴한 사료를 사놓고
올 때마다 주곤 했는데

훔쳐 갈까
빨리 먹기

이상하게 우리 집 녀석들이
너무 좋아했다.

뭐지…!
야 그걸 왜 먹어!

맨사료 안 먹는 구들도
엄청 좋아함

컵컵

까둑

까둑

줍줍이와 욘두도 어쩌다 떨어트린 걸
미친 듯이 주워 먹는다.

뭘까… 역시 몸에
덜 좋은 게 맛있는 걸까.

라면 같은
건가 봐!

라면 정말
좋아함

어느 날 한번은 사료를
바깥 보일러실에 놔뒀더니

저게 뭐여!

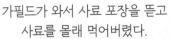
가필드가 와서 사료 포장을 뜯고
사료를 몰래 먹어버렸다.

빵빵

매미의 라이벌 뚱땡이와
똑같이 생김

야 먹고 싶으면 말을 하지…!
습기 차잖아!

입에 가득 물고
도망가기

으휴…!

그렇게 우리 집 사료가
입소문이 났던 건지

굵굵이

가루냥

가필드

오는 고양이가 조금 늘었다.

재규어

재규욘

71

이놈들에겐 신기한 특징이 있었는데

구들이 마킹하는 곳에 가서

미친 듯이 몸을 비벼댄다.

왜…!?

도대체 왜!!?

고양이들에게도 강아지의 쉬야는 꽤 좋은 향기인 걸까?

아… 진짜 그러지 마 니들.

가필드와 긁긁이.

고양이 사료는 향이 강하기 때문에 강아지들도 좋아할 수 있어요.
가끔은 괜찮지만 장기 급여를 하지 않게 조심해야 합니다.

매미의 먹성

요즘은 엄마 아빠와
꽤 가까이에 살기 때문에

쯔으응~

자주 매미를 보러 가게 되는데

맴아 간식
가져왔어~!

누나가
간식 줄게~

부시럭

부시럭

매미가 편식을
시작했다.

으아;; 매미가 봉지 찢고 다 먹었어…!

이놈 색기!

엄마가 요리라도 하려고 냉동된 고기를 꺼내놓기라도 하면

…!

매미가 지켜보는 걸 눈치챈 엄마

미미 이거 먹으면 안 돼!

뚜껑으로 덮어놔야겠다.

이중보호

그렇지만 매미를 막을 수 있는 건 아무것도 없다.

음~ 아이스 미트~

찹찹찹 아삭아삭아삭

미친맴아!!!

개껌을 먹는 건 아주 당연하고도 자연스러운 일이고

까득   까드득

으르르릉…

놀라운 건 개껌의
딱딱한 하얀 부분!

이걸 어떻게 먹냐…!

우유껌 부분까지
먹어버린다는 것이다.

나는 매미와 살다가
바이올린을 맡게 됐을 땐
정말로 놀랐다.

뚱냥이!

『5kg을 위하여』
어시, 주도

야…! 얘들 아픈가 봐
음식을 못 씹어…!

할짝 할짝

왜 닭가슴살을
씹지를 못하니…!

병원 가자!!!

그건 아닌 듯.

알고 보니 저게
노멀한 경우였다.

매미가 너무
강철 이빨이었던 부분.

매미의 편식 이유는
얼마 후 밝혀지게 됐는데

매. 옹

이 자식 나갔다 오니까
배가 빵빵한데?

예쁜 암컷 고양이 3마리가
살고 있는 집에 가서

냠냠

찹찹

그 집 사료를 먹고 오기
때문이었다.

난 너 때문에 부끄러워서
살 수가 없어!

사람이 먹는 빵은 고양이의 건강에
좋지 않기 때문에 급여하지 않도록 해요!

홍구의 색 변화

지금까지의 홍구는
이런 모습으로 그려져왔지만

사실 현실은
이쪽에 더 가깝다.

시즌 1을 시작하기 전의
홍구는 지금보다는 더
하얀 아이보리 색이었는데

시즌을 거듭하며 지금의
콩가루 색에 정착하게 된 것이다.

그래서 결심했습니다.
시즌 3부터는

홍구에게 본연의 색을
찾아주겠다고!

콩가루 투척!

좋아 이제
현실 반영 완료다!

랭!

뉴

그리고 구들을 입양한 날 만난 구들의 모습은

어? 묘하게 사진이랑 다른데?

신기하게도 이놈들은 거의 달마다 외모가 바뀌기 시작했다.

카멜레온 멍

처음에 비교적 진한 색깔을 가지고 있던 구들은

점점 색이 옅어지기 시작하더니 잿빛으로 바뀌며 검은 털들이 많이 사라졌고

재구만 다시 검은 무늬가
진해지는 듯하다가

둘 다 다시 연해지면서
홍구는 아이보리 색에
부분 검은 무늬로

재구는 등 쪽에만 검은 털이
자리 잡기 시작했다.

그리고 청소년기가 되자
재구는 일탈을 꿈꿨던 것인지

노란 머리가
자라기 시작했다.

이쯤 되니 쌍둥이처럼 보였던 외모가
거의 남남처럼 바뀌어버렸는데

그래도 꼬리 끝이 검은 것만큼은
아직까진 똑같았다.

그러다 재구는 최종적으로
하얀 원숭이 얼굴과

민들레 홀씨 꼬리를
가지게 되었고

홍구는 하얀 아이보리지만
검은색 속털을 가진
멍멍이가 돼버린 것이다!

털을 걷어보면
검은색 잔털이 보인다.

그러다 홍구는 하얀색이
맘에 들지 않았는지

아 하얀색
때 타서 싫은데.

뭐 하지.

인절미 멍멍이로
변모해버렸다…!

구들의 색이 자꾸 바뀌는 건
어떤 이유에서죠?

독자

아 그건

그게 뭐야…
몰라… 무서워…

한 치 앞을 내다볼 수 없다는 건
믹스견의 또 다른 매력인 것 같다.

매일 새로워…
짜릿해!

노란 정수리 재구.

많은 강아지가 자라면서
털색이 변하는 과정을 겪어요.

우리 집은
공사 중

안방

임시 콜이 방

거실

부엌

이삿짐 방

3주 정도만 참으면 될 줄 알았던
콜이네와의 동거는

장마 덕분에 공사가
미뤄지다 보니

피폐…

두 달이 넘도록
계속됐다.

안 그래도 전에 살던 집보다 작은데
콩이의 생활공간과
이삿짐까지 더해지다 보니

집을 도저히 치울 수
없는 상태였지만

이삿짐 사이에서
숨바꼭질하기

고양이들은 진짜
정말 행복해했다.

골골골…
고록고록고록…

어이

최대한의
행복한 표정

왜 고양이들은
어질러진 집을
좋아하는 걸까.

그러나 생활공간이 비좁아지다 보니
힘들어진 건 구들이었다.

불 - 편

밥을 먹을 때도

부 - 담

······

맛있겠당.

간식을 먹을 때도

아르르르를

잠을 잘 때까지!

구들은 고양이들이
정말 너무 귀찮았다.

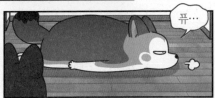

퓨…

밥!

워월!!

쒸익…

쒸이익…

화나면 내 옆에 온다.

야야 나가 안 돼 안 돼 구들 쉬어야 돼!

나가!

애써 고양이들을 쫓아내봤지만

텐트에 대한 집착이 고양이의 지능을 진화시켰다.

타악!

문 여는 법을 터득했다!

뿌웅!

뿌웅!

뿌웅!

월월!

쉬익…
쒸이이익…

우당탕

고양이들은 텐트를 점거해
미친 듯이 놀기 시작했고

탕탕

······

??

!!!

인간은 보금자리를
또 빼앗기고 말았다.

쿨...

고양이들은 사람의 행동을 보고
문을 여는 등의 동작을 학습하기도 해요.

침대를 점거한 구들

침대 위에 올라갈 것이개!

침대가 좋은 개르베로스

형아 옆에 눕고 싶개

침대가 좋은 쭉쭉욘

홍구는 형아 밑

홍구와 장마

끝나지 않는 장마 덕분에

우르릉…

쏴아아

우르릉 쾅!

홍구는 매너 모드가
돼버렸다.

위이이잉

위이이이이잉

야 쥬욘이도 안 떤다야
천둥이 뭐가 그렇게 무서워~

덜덜덜덜덜덜

화장실만 가도
끝끝내 따라옴

······

부담

무서우니까 간식도
안 먹는다.

천둥 친다고 밥을
굶으면 어떡하냐.

어휴~!!!!

천둥이 치는 장마철에도 구들은
배변하러 밖으로 나가야 한다.

홍구는 천둥을 무서워하지만
그런 날에도 산책하러 가는 건
좋아한다.

가자.

엄청 가기 싫음

산책! 산책!

붕 붕

갑자기 발랄

여보 우산
쓰고 나가야죠.

우산… 써봐야
소용없다.

제주도는
비 옆으로 옴.

그렇구나~

쏴아아

이렇게 산책을
잘 하다가도

우르릉

우르릉 쾅!

꺄아악
집에 갈래.

그렇게 집에 돌아와서는
계속 떨기를 반복한다.

덜덜덜더럴러덜럴럴러

어우!

집중 안 돼!

덜 덜 덜 덜 덜

책상 밑에서
떠는 홍구

칭찬하기, 놀아주기,
포근하게 담요로 덮어주기 등등!

겁쟁이 모드 홍구에게는
그 어떤 것도 통하지 않는다!

하지만 진짜 문제는
침대에 누웠을 때 일어난다.

으어어 도저히
더 못 하겠다.

자러 갑시다!

네.

홍구는 집사를 따라
방에 들어와서

침대가 높아서
잘 못 올라옴

기어이 우당탕거리며
올라온다.

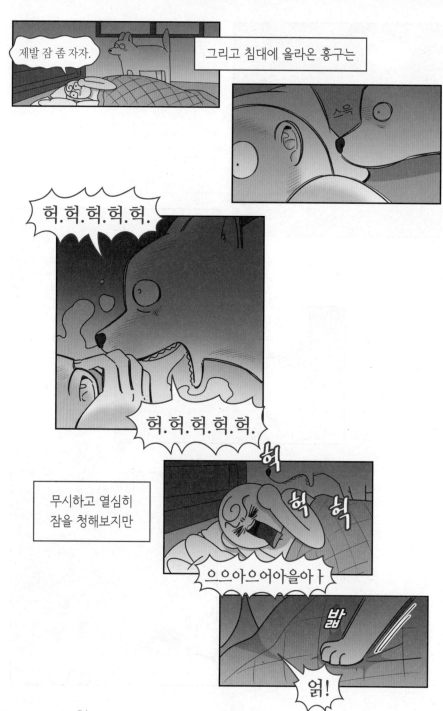

결국 장마가 끝날 때까지 인간은
수면 부족에 시달려야 했다.

갸아악
아침이잖아…!!!

강아지가 천둥 번개를 무서워하면
꾸짖지 말고 차분하게 안심시켜주세요.

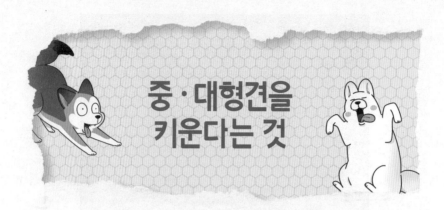

중·대형견을 키운다는 것

오늘은 중·대형견을 키우면 공감할 만한 점에 대해서 말해보려고 한다.

중·대형견…

중·대형견은 왕 커서 왕 귀엽습니다!

귀엽!

귀엽!

머리도 커서 크게 보니 더 귀여움!

하지만 오늘 얘기할 것들은 이런 게 아니야!

중·대형견을 키운다는 것은…!

산책을 하다가도

급브레이크!!!!

강아지들의 콧물 뿜기

이렇게 된다거나

......

산책 나가면 응아가 너무 커서
두 손으로 떠야 치울 수 있다는 점.

결국 자리를 내어줄
수밖에 없음.

번거롭게
자기

드르렁~

요옹~

그리고 가기 싫은 곳에
가야 할 때.

집에 가자.

가기 싫은 곳 : 집

앉아서 버티기

야~~~
가자~~~!!!!

스윽

꾸우욱!

엉덩이를 밀면

누워서 버틴다.

이런~~~ 개~~~~
개녀석~~~~!!!!

모른겠고요
안 갈 거고요

tmi : 재구는 22킬로, 홍구는 20킬로예요!

멍냥이들의 작업 방해하기

세상에서 제일 끔찍한 숫자는 7이다.

7마리의 악마

홍구 **뽀** **삐** **재구**

먐

욘 **줍**

이놈들은 도움은 1도 안 되는 게 작업 방해하기만 엄청나게 잘하는데

제발 꺼져~!!!

오늘은 이놈들의 작업 방해하기 패턴을 분석해보겠다.

거북목 강화

아 나…

재구는 특별히 직접적인
방해를 하지 않지만

뚫어지게 보기

……

눈치 오지게 준다.

휴…

퓨…

집사 놈…
산책… 안 가냐…
밖에도 좀 나가고…

누가 보면 산책
안 시키는 줄 알겠네.

줍줍이와 욘두는
종구의 작업을 특히 방해하는데

부럽… 부럽다…

나한테는 안 온다.

아주 귀여워해주마.

언니가 대신 안아줄게~

줍욘이를 내 무릎에 앉혀놓으면

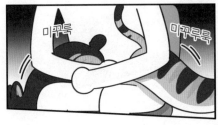

미꾸룩

미꾸루룩

......

편애할 거면 좀 모르게 해라!!!

뽀짝 & 삐용

콕이네 삐뽀는 어떤 시점에서부터 정신을 놓는 게 특징이다.

번뜩

다다닥 탁

찰싹!

앾~!

…?

펅

어릴 때 많이 하던
뒤통수 치고 가기

인간이 아주 만만한가 보다.

갸아악!

고양이도 장난을 칠 때는 발톱을 세우지 않아요!

작업 방해하기

멍냥이들의 작업 방해하는
자세를 알아봅시다.

니들 자꾸 이러면
사룟값 못 번다.

1. 키보드 위에 앉기

으아으어앙아.

2. 만져줘(계속)

3. 무릎 사이로 고개 내밀기

이건 좀 귀엽다.

앗 따거!

4. 뒤에서 엉덩이 찌르기

5. 방귀 뀌기

……

작업은
고통뿐이야.

막맹이 이야기 (1)

올해는 유난히 비가 끊이질 않고 내려서

아빠 마당 흙 언제 깔 수 있어?

비 그치고 햇빛에 3일은 말려야 돼!

그런 날은 오지 않았다.

가끔 와도 그런 날은 아빠가 바쁨

쏴

아아

만신창이군.

다녀오는 길에 이상한
광경을 보게 된 것이다.

… 뭐지?

4차선 도로 위에 웬 강아지가
차들을 막으며 얼쩡거리고 있었고

빨리
나오라니까!

어떤 사람이 강아지에게 빨리
나오라며 소리를 지르고 있었다.

뭐야 목줄을
하셔야지!

빨리 도로에서
데리고 나오세요!

라고 속으로 생각했는데

그냥 강아지가 걱정된
지나가던 관광객이었고

강아지는 중앙
차선에 있다가

갑자기 옆으로
튀어나오는 방식으로

지켜보던 다른
관광객분들까지
한숨을 내쉬었다.

그렇게 다시
집으로 향하는데

하필 강아지는 나와 같은
방향으로 가고 있었다.

무려 5분 안에
다섯 번이나 치일 뻔함

너무 놀란 운전자분은 나와서
울먹이기까지 하셨고

제발
저쪽으로 가~!

와 진짜
어떡하지…!

무서워서 도로를
쳐다볼 수가 없었다.

끼이이익 촤아아악

그러다가 결국
접촉 사고가 날 뻔했고

사람이 먼저다
그러므로 소시지를
사 와야겠다!

근처의 편의점으로 향했다.

급하게 소시지를
사고 다시 와 보니

끼익

끼익

야~!! 멍멍아!
나와~!!!!

여기 좀 봐라!

여전히 강아지는 엄청난
트롤링을 하고 있었고

무시

나는 소시지를 꺼내 들었다.

따

단!

태어난 지 2개월 이상 된 강아지는 의무적으로 동물등록을
해야 한답니다! 동물병원에서 쉽게 할 수 있어요.

막맹이

홍구 옆도 좋개

오빠 무릎을 점거한 막맹이

만져주시개

오빠 위에 앉고 싶은 맹숭

광합성

막맹이 이야기 (2)

서성… 서성…

소시지를 꺼내 들자

딴!

강아지는 언제 그랬냐는 듯
인도로 무사히 달려왔고

휴~

자 이제 여기서
이거 먹고 집에 조심히 가라.
어? 도로에서 뛰지 말고.

그렇게 나는 집에 가는 동안
헨젤과 그레텔처럼

소시지를 뿌려주게
된 것이다.

집 도착

… 너 집 어디냐.

목줄에 끊어진 흔적이 있어서

좀 가만히 좀
있어봐라.

이거 이거
목줄 끊고 집 나왔거나
풀어놓고 기르는
놈인가 보군.

그래 그럼
집에 잘 가고!

……

끼이이익!!!

……

나, 나 이거 뭔지 알아.
이거 그…

자해 공갈…!
그거! 어 그거.

135

안 그래도 먐미, 첫 번째 욘두, 힝구를 보호하며

정말 또다시는 네버!

네버!!! 절대 안 해!

이거 잠깐 봐주는 게 얼마나 많은 시간과 돈과 노력이 필요한지 경험해봤던 나는 절대 다시는 임보를 하고 싶지 않았다.

그때 쓴 원고 세이브가 몇 개였지…?

여하튼 확실한 건 세이브 쌓아봐도 이러느라 다 쫑난다는 사실이다.

강적이 나타났다.

어? 나 차로 뛰어가서? 어?

자해공갈멍

불안하다
불안해!

강아지를 잃어버렸다면 인터넷의 동물보호관리시스템에
들어가 해당 지역의 유기 동물을 확인해보세요.

동물등록

막맹이 이야기 (3)

강아지 데리고
병원에 가는 길.

제발 동물등록
돼 있게 해주세요…

책임지기
무서워.

역시 안 돼 있었다.

없네요.

따흑…!

검사 결과는 심장사상충이
꽤 진행된 상태에

영양실조 상태, 피부병, 빈혈 그리고

내적 비명
꺄아아아악

임신이네요.

6마리.

예상 출산일은 약 10일 후,
영양 관리 신경 써주시고

심장사상충은
출산하고 두 달 후에나
치료를 할 수 있겠네요.

엄마 아빠는 강아지를
보호소로 보내라고 했지만,

출산도 얼마 안 남았는데
보호소로 가면 제대로 된
케어가 될 리 만무했다.

그래서 잠시 공사를
중단 중이던 별채에서
강아지를 돌봐주게 됐는데

음··· 작으니까
조막맹으로.

막맹이라고 부르기로 했다.

쥐막~ 맹숭~

점프!

꼭 이름 멀쩡하게 지어놓고
멀쩡하게 안 부른다.

막맹이는 뭔가 굉장히
고양이에 비유하자면 욘두처럼
나사가 많이 빠진 느낌이었는데

앵~

맹~

손을 계속 가르쳐도
절대 손을 알아듣지
않아…!

손!

또른걸고

이건 손이다~

착하니까 됐어~

응 손 같은 거
해서 뭐 하누~

착하니까 괜찮다고 생각했다.

그리고 막맹이는 곧
건강한 6마리
아기를 출산했고

훗날 악마 같은
본색을 드러내게 된다.

자해 공갈할 때부터
알아봤어야 했는데…!!!

강아지의 심장사상충은 한 달에 한 번 먹는
예방약으로 쉽게 예방할 수 있습니다.

아기들 태어난 날

통통해진 아기들

맥맹이와
아기들

엄마 따라서 일광욕을 해보는 것이개

육아를 위해 많이
먹어둬야 하개

산책은 이렇게 하는 게 아니개!

고양이 마당 만들기

드디어 별채 공사가 끝나서

자유다!

콕이는 삐용, 뽀짝, 얌미와 함께 별채로 이사했고

막맹이네는 별채 방 한편을 잠시 빌려 쓰기로 했다.

삥

삐에에엥

삐이이이

삐애애액

본격적인 고양이, 강아지 마당 만들기가 시작된 것이다.

음… 비용이 얼마나 들려나…

제주도도 시공이 가능해야 돼요!

구들과 냥이들이 탈출할 수 없는 마당을 만들기 위해

펜스와 여러 업체들을 알아봤는데

아빠 아는 데 있어.

짝짝짝짝

아빠 아는 데서 하기로 했다.

아빠의 힘을 빌려서 틀을 먼저 세우고

비를 막기 위해 비닐과 차광막을 씌운 뒤

같이 들어가서 쉴 수 있는
평상을 놓고

고양이들이 뚫을 수 없는 철망과
벌레를 막을 그물로 마무리.

철망 밑부분을
땅에 묻어놨지만

혹시라도 땅을 파고 밖으로
나갈 수도 있기 때문에

서윽

슥

바깥쪽 가장자리 부분을
모두 돌과 모래로 막고

안쪽은 작은 돌로 지탱했다.

급하게 꽃집으로 가서

돌 사이에 꽃을 심고 조개껍질로 장식했다.

뿌듯

고양이 마당 안에는 고양이들이 먹어도 안전하다는 허브 종류를 심고

돌판과 자갈을 깔았다.

줍욘이가 쉴 캣타워와

야외용 화장실까지

자 들어가봐.

끼익

얩…

꺌…?

반짝-!

줍줍이는 정말…

고로로로로록

딩굴

딩굴

나는 아직 무서워욘.

정말 마당에서 한 발짝도 나오지 않았다….

막 처음 들어오면 욘이처럼
무서워하고 그래야 하는 거 아닌가?

지나가던
가필드

띠요웅~

저게 뭐예욘!!!

줍줍이는 냥깡패답게
적응이 빨랐다.

얾오로로로로~

야 인마
일로 와봐

고양이 마당이 완성되는 와중
구들을 위한 펜스도 둘러지게 됐는데

구들도
좋아하겠다.

웅!

뭔가 미친 일이
일어나고 있었다.

실내 식물을 살 때는 반려동물에게
안전한가를 먼저 확인해주세요.

육아 스트레스

막맹이와 아기들은

별채 방 하나에서
생활하기 시작했는데

삐이잉~

빼애앵~

왜 아무도 나한테
아기 강아지 키우기가

삐이이익!!!

빼애애애애액!!!!

뿌애래래래래랙!!!!

이렇게 어렵다고
설명해주지 않았나.

아기들은 눈 뜰 시기를 지나고 나서부터는

엄마 개는 아기들의 대변과 소변을 먹어 없앤다.

막맹이가 제어할 수 없을 정도의 미친 듯한 배변, 배뇨 활동을 시작했고

하루에 세 번씩 이불을 빨고, 다시 깨끗한 이불을 깔고

아기 강아지들의 오줌을 닦아내 봐도 방은 오줌 바다가 돼 있었다.

…!

너무 힘들어엇…!!!!

태어난 지 얼마 안 됐을 때
서너 시간마다 가서

너 이거 안 먹으면
큰일 나~

젖을 못 먹은 아기가 있으면
계속 물려주고 확인하고
배변 유도를 시켜주는 것도 힘들었는데

이유식을 먹을 시기가 되니
막맹이 혼자서는 할 수 없는 일들이
너무 많아져버린 것이다.

쌩!

쌔앵!

오줌 위에서 뛰놀다
못해 절여졌다.

아기들은 매주
미친 듯이 자랐고

앙~

헉 벌써 이빨이
이만큼 났어?!

동석이 어깨가 넓어졌다!

따롱!

베놈아 애들 때리고 다니지 좀 마라.

묘하게 이름처럼 자라는 것 같아서

말랑이는 말랑해졌고

판다는 판다처럼 뚠뚠해졌고

쭈쭈는 쭈쭈 잘 먹고는 엄마랑 똑같아졌다.

타노스는… 음…

무슨 짓을 할지 모르겠군.

아기들의 이빨과 발톱이 날카로워지고 나서는
막맹이도 너무 아프고 힘들었나 보다.

아기들이 올라올 수 없는 곳에서
내려오질 않았는데

편안

삐이이잉

삐애애앵

어느 순간부터는
문 여는 방법을 익혀서
탈출하기에 이른 것이다.

문을 잠그자니 환기가
너무 어려워서

펑!

개는 개만의 길을 간다

방충망을 닫고 밖에서 문을
열지 못하게 고정해뒀는데

막맹이는 답답함을 참지 못하고
방충망을 뚫어버렸다.

방충망 뚫으면서
문틀도 떼버렸다.

문틀 옆의 벽지와
장판도 씹어버렸고…

나중에는 창문
방충망도 뚫어버렸다.

혼절

아기들한테 시달려서
엄청 힘든가 보네.

부모님한테 혼날 줄
알았는데

엄마는 의외로 담담했다.

그래…
문틀까지 부수고
뛰쳐나올 만큼 힘들고
피곤했던 거구나.

… 개자식.

부모님께 효도해야겠다 ―
라는 생각을 한참 동안 하게 된 시기였다.

강아지와 고양이는 방충망을 아주 쉽게 뚫을 수 있어요.
방묘문을 꼭 따로 설치해주세요.

장거리 연애

콜이가 별채로 이사하면서

애틋

삐용이와 욘두는 또다시
장거리 연애를 하게 됐는데

삐용이가 없어지니

앵… 용…

스윽

줍줍이가 욘두를 엄청나게
챙겨주기 시작했다.

크루그루밍

골골골골고로로…

아 진짜
내 침대.

잠도 같이 자고

밥도 같이 먹고

우다다도 같이 한다.

고양이 마당도
잘 쓰고 있군!

같이 우다다를 하다가
욘두가 장난을 심하게 쳐도

줍줍이는 절대 화를
내지 않는 것이었다.

줍줍   보살

삐용이 좀 없다고
동생 이렇게 잘
챙겨주는 거야?

애앮.

앮.

줍줍이가 그동안
마음이 쓸쓸했었나 봐.

줍줍이는 아닌
척하면서도

내심 삐용이와 욘이가
짜증 났었나 보다.

그렇게 한참이 지나고…

옑옑옑~

펑

화

욘욘욘~

콕이가 삐용이를
데리고 왔다.

삐애용~!

돼용!

욘두야
삐용이 왔다~

번뜩!

욘다다닥

쿵쿵쿵
쿵쿵쿵

욘아
그렇게 좋나~

만나자마자
그루밍 그루밍

부들 부들

줍줍이는 정말
짜증이 났나 보다.

안녕

캬아악

나도 안녕

캬아악

솜방맹이 펀치

깡

깡

온두한테는
왜 짜증 내냐!
ㅋㅋㅋ

극혐

줍줍아 나도 한 대만
때려줘! 흫흫

줍줍이는 유난히
솜방맹이가 하얗고
동그랗다.

고양이 마당만이
나의 자유다

그날따라 줌줌이의
뒷모습은 쓸쓸해 보였고…

우다다

꽁냥꽁냥냥

부들부들부들…!!!

줌줌이는 컴퓨터에서
따스한 온기를 느꼈다.

워어

이잉…

내 컴퓨터
다 고장 난다…

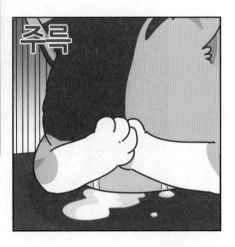

주룩

어느 날 엄청나게 큰 왕모기가
막맹이 머리 위에 붙어 있었다.

찰싹

어! 막맹아 모기!

울상

어… 아닌데 아닌데
때린 거 아니고
모기 잡은 건데…!!!

머쓱타드;

꿈적

뜻하지 않게
어색해진 하루였다.

줍방맹이.

 줍줍이와 은두는 매일같이 껴안고
잘 만큼 사이가 정말 좋아요!

 171

먐미의 변화

콜이에게 입양된 후에도
유난히 까칠하고
날카롭던 먐미는

캬아악!!!

제주도에 온 뒤
눈에 띄게 평온해졌다.

째 째...

따사로운 햇살…
새소리…

좋구냐냥…

얌미는 일반 장난감에는
관심이 없지만

자연에서 가져온 장난감은
엄청 좋아한다.

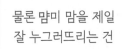
물론 먐미 맘을 제일
잘 누그러뜨리는 건

오로로로롱~!
오로롱~!

뒤뚱

뒤뚱

간식이다.

줍줍당하기 전부터 골반과
뒷다리가 많이 불편해서

비틀

비틀

똑바로 걷지 못했던
먐미에게도

간식~

절뚝 절뚝 절뚝!

간식만 있으면 달리기 정도는
식은 죽 먹기인 것이다.

진공청소냥

호로로로롭.

그런 먐미에게 요즘
최고의 관심사가 생겼다.

찹

꺄아아악

언니!!! 언니
벌레 잡아줘!!!!!!!

왕벌레 벌레!!!!!!

화들짝!

깜짝아!!!

좋아
벌레는 어디냐.

쿠구 쿠구구...

벌레를 잡으러
별채에 가보니

이거
반딧불이인데.

뎅~

호엥?

별채 문단속을
열심해 해줘도

반딧불이…

으악 난 반딧불이 싫어.
못생겼어.

이상하게 반딧불이가
자꾸 들어오는 것이었다.

맘미는 다른 벌레에는
별로 관심이 없지만

이야 맘미
운동하네 운동.

타닥

반딧불이는 유난히 좋아했다.

잘 걷네~

기분이 좋아졌는지

히야~!!!!!

나중에는 콕이한테
안기기까지 했다.

언니 이거
찍어줘~

앙~

기분 나빠져서
옷을 물어버렸지만…

앞니 없어서
안 아프지롱~

맘미가 점점 더 행복해지는 것 같아서 다행이다.

귀여운 맘미.

수컷 고양이는 호르몬의 영향이 활발할수록 머리가 크다고 해요.

실내견의 털갈이

구들의 실내견 생활 3년째…

······

쿨…

쿠울

구들의 털갈이 시기는
정말 애매해져버렸다.

실외견 생활을 할 때는
여름과 겨울의 차가 극심했다면

털 뺐다!   털 쪘다!

지금은…

아마도 실내의 온도가 일정하다 보니

구들은 털을 찌우고 빼야 할 필요를 느끼지 못하나 보다.

원래대로라면 한여름이 되기 전에

엄청난 털갈이로 구들은 털옷을 완전히 벗게 되는데

결과적으로 여름 산책이
한층 더 더워졌다.

그리고 겨울 준비를 하는
시기가 와도

(실외견일 때는 겨울이 되면
저절로 털이 풍성해졌다)

부숭…

뭔가 다시 보지 못해서
아쉬운 모습이군….

그거 다시 보면 집이 털로
난리 나는 거 아니에요?

그때는 털옷을 한 번 벗으면
괜찮은 시기가 있었지만

쏴 아아아

털 없다!

지금은 꾸준히 괜찮지 않은 거죠.

그렇군.

애매하게 계속 있다!

여름과 겨울밖에 없다는 우리나라에서

구들은 트렌치코트로 단벌 생활을 하는 셈이 돼버렸다.

봄 일주일, 가을 일주일밖에 못 입는다는 바로 그 트렌치코트!

봄이랑 가을만 있었으면 좋겠다…

꼬덕

꼬덕

+ 어느날 응가를 하는
재구를 보고 있었는데

재구의 응꼬에 말할 수 없는
비밀이 걸려 있었던 것이다.

응가를 하는 자세
그대로 걸어 나왔다.

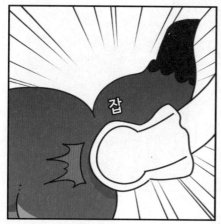

보다 못한 종구가 배변봉투로
재구의 말할 수 없는 비밀을
빼주려고 했는데

재구는 집에 가던 길 한참을
알 수 없는 소리로 꿍얼거렸다.

엄살쟁이 재구.

구들은 이중모를 가진 강아지예요. 이중모 강아지는
털갈이를 자주 하고 털 빠짐이 심한 경우가 많아요.

멍냥이와 발톱

어느 날은 욘두가
가만히 나를 보고 있었다.

무시하고 열심히
일을 하다가

애오애오…

둘다끼임

앵앵앵이옹이…

빼줄게
빼줄게.

이렇게 멍냥이들의 발톱
끼임 사고는 빈번하게 일어난다.

쌔   앵

고마운 척이라도
해라 짜식아.

어느 날은
작업하고 있었는데

깨갱 깨앵
깨애애애애액

여보야~!

거실에서
비명이 들려왔다.

개애애애애애액
우어우어애으애애애애액

띠꾸웅~

뭐야뭐야
무슨 일이야
재구야 괜찮아?

재구가 종구랑 놀다가

너무 신나서 마운팅을 했고

바지에 발톱이
끼어버린 것이다.

깨우에엉에에에게
으르르릉응응···!

재구 너무
아파하는데?

아이고 어떡해
발톱이 까졌나?

그냥 발톱이 낀 거였음.

정말 그냥 낀 거.

쏙!

뭐임?

너 왜
엄살 부리냐?

놀랐네

헉

헉

헉

발톱이 자유를 찾아서
신난 재구는 무안했던지

헤—

킹 갓 엄살쟁이 재구…

우리 집에서 제일 큼.

또 어느 날은 줍줍이와
술래잡기 놀이를 하는데

갑자기 머쓱해진 줍줍이였다.

강아지의 발톱은 끝부분만 살짝 잘라줘야 합니다. 평소에 산책을 많이
한다면 발톱이 땅과 마찰하며 닳기 때문에 자주 깎지 않아도 괜찮아요.

육아 일기 (1)

육아가 너무너무 힘들었던 막맹이와

뛰어다니기 시작해 힘이 넘치던 아기들은

마침 완성된 강아지 마당으로 이사하게 됐다.

껑껑   끼잉껑   껑껑!

헿~

나중에 나무랑 꽃만 심으면 되겠군!

다행히 아직 날이 따뜻할 때라 충분히 더워했다.

막맹이들을 위해 산 집이 너무 허술해서

이건 안 되겠는걸.

구들이 예전에 쓰던 집을 가져오게 됐는데

오… 이게 더 괜찮나요?

예전에 이 집을 구들이 썼을 땐 집에다가

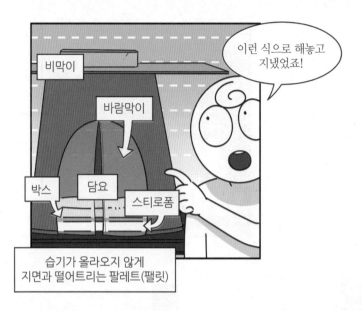

비막이

바람막이

박스

담요

스티로폼

이런 식으로 해놓고
지냈었죠!

습기가 올라오지 않게
지면과 떨어트리는 팔레트(팰릿)

고무라서 비바람도
확실하게 막고

큼　　　　직

제일 좋은 건 내가 세 명쯤
들어가도 넉넉한 크기!

물론 실내가
제일 낫겠지만…

그래도 집 부서지고
아기들 똥오줌에 절여지는 것보다야
여기가 위생적으로 훨씬 좋을걸요.

그렇게 막맹이들을 위한
집을 단장해줬는데

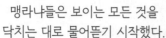

맹라냐들은 보이는 모든 것을
닥치는 대로 물어뜯기 시작했다.

아르르르르
아르르르르~!!!

막망!

순식간에 거덜 난
막맹 하우스를
다시 보수해봐도

머리채
잡아당기지 마라~!!!

1분 만에 다시
리셋돼버리는 것이었다.

갑자기 현타 옴

왜 사람들은 아기 강아지를
입양하고 싶어 하는 걸까…?

아기 강아지는
악마 색기들일 뿐인데…

여봉
도와줘잉!!!

넘치는 아기 강아지들의 체력을
소모해주기 위해 같이 놀아주기에 나서봤지만

인간의 체력은
너무나도 쓰레기였다.

그걸 본 구들은

비바람이 분 날은
막맹이와 아기들을

뭐야…
고양이 마당…
내 꺼라매…

고양이 마당으로
옮겨서 돌봐줬는데

즙욘아 미안!!!

아기 강아지들은 스쳐가는
모든 곳을 초토화시켰다.

뭉치니까
더 세다!

잠깐 아기들이 미워지더라도

야!
내 허브~!!!

놈

코오오…

미워하려야 미워하기
어려운 아기들이었다.

강아지들은 빨리 커서
다행이야~

꼬막맹이들.

강아지는 4개월령부터 유치가 빠지기 시작해 눈에 보이는 것들을 물고 싶어 해요. 장난감으로 주의를 돌려주세요.

육아 일기 (2)

까아아앙아아앙!!!

꼬막맹이들에게도
예방접종 시기가 다가왔다.

막 너튭 같은 데서 보면
그런 거 있잖아.

병원 가서 주사 맞는데
엄살 되게 많이 부리고.

엄살 부리는 강아지
귀여워…!

꼬막맹이들은 서로 싸울 땐
엄청 으르렁거리지만

으릉!

깨갱깨갱깨개갱애앵

엄마에게 혼날 땐
엄살쟁이가 된다.

진짜 왕
엄살쟁이

꼬막맹이들을 병원에 데려가기 위해
켄넬에 넣기로 했는데

말랑이랑 쭈쭈
들어가!

그리고 베놈,
판다 들어가!

띠용

탈출!

넣으면 나오고 넣으면 나오고
무한 반복의 굴레…

막맹이가 저렇게
혼이 빠진 것도
이해가 간다…

맹…

파바바

깨바바

끼이이이이잉~

아기들을 켄넬에
몰아넣는 데 성공한 후

베놈
또 운다!

자동차 뒤편에 싣고
병원으로 출발하게 됐는데

꿀럭-! 꿀럭-!

처벙!

여보야
이 불안한 소리는…!

자동차 타는 게 처음이라 멀미했나 봐요.

맹~

하필 운전 중 & 하필 켄넬 안

꼬막맹이 중 두 녀석이 구토를 한 것이다.

아… 차에서 내려서 켄넬 열기가 너무 두렵다…

그리고 병원 도착.

덜컹

착!

으어어어어…
여보…!!!!!

차라…

으어어으어으 나도
보고 있어요웅…!

급하게 병원에서 배변패드와
휴지를 사서 해결했다.

더러우니 귀여운
사진을 봅시다.

막 너튜 같은 거 보면 이쁘게 가서
주사도 예쁘게 맞고 엄살 부리고
귀엽게 끝나던데.

역시 현실은
다르군….

그리고 주사 맞을
시간이 됐다.

우다 다 다

헥헥헥헥

병원 와서 신남

맞았어요.

순   삭

예? 아니 언제요?!
엄살 부리는 거
봐야 되는데!

보고
조롱해줘야
하는데!

수의사 선생님의 놀라운
주사 실력 때문인지

통각마저 마비되어버린
꼬막맹이들의 놀라운
튼튼함 때문인지

아니 주사를 궁둥이
흔들면서 맞냐!?

뭔가 맞은 거 같긴 한데
사실 잘 모르겠는 애

뭔가 맞는다는 사실이 몹시
기뻐서 궁둥이 흔들고 있던 애

병원에 같이 간 막맹이는
의사쌤 진료대 위에 막 누워버림.

야~ 너 왜 그래
그러지 마.

괜찮아요.

병원이 이렇게
쉽다니!!!

수의사 선생님이
엄청난 베테랑이어서인지

아쉽

막맹이들이
멍충해서인지

엄청나게 헷갈리는
하루였다.

엄살 못 봐서
너무 아쉽다!!!

강아지는 생후 6~8주에 첫 접종을 시작하게
됩니다. 수의사의 지시를 따라주세요!

멍멍이와 자동차

재구와 홍구는 차를
굉장히 잘 타는 편이다.

경기도에서 많이 이용하던
펫택시 기사님들도

이렇게 차 잘 타는 개는
처음 봤어요…!

어떻게 이렇게 잘 타지?
다른 개들은 신경 쓸 게
많아서 되게 힘든데.

차 타면 놀러 가는 걸
아주 잘 알고 있나 봐요.

논다!
새로운 곳에
영역 표시!

펫택시를 너무 좋아해서
집 근처에서 비슷한 차종만 보면
타겠다고 고집부렸음

아니야 그거
펫택시 아니야.

거짓말하지 말개!
오늘은 놀러 가는 날이개!

보통 강아지들이 차를 타기 싫어하는 이유는
차를 타면 병원에 가기 때문이라고 하는데

차 탄다!

병원 간다!

구들은

병원 좋개!

히야아~

놀랍게도 구들과 병원에 가면
수의사 선생님들에게
이런 질문들을 받는다.

도대체 어디서
어떤 훈련을 받은 건가요?

이놈들
말 안 들어요.

아니 이런 강아지들이라면
키우는 데 뭐 고생할 게
없겠는데요?

죽겠습니다.

어떻게 이렇게
의젓하지?

귀욤~

그거 다
연기예요.

야… 니들 이미지 관리 잘한다…

셀럽견이네…

구들은 차 타는 것도 순식간에 잘 탄다.

쩜푸!

이렇게 차를 타고 속도를 즐기다가

나는야 속도를 즐기는 멋진 개!

목적지에 내릴 때도

좌앗~

?

홍홍구 평소에는
이렇게 못 뛰는데.

홍구는 평소에 배수구 위도
못 뛰어서 돌아서 감

무쩝개.

그냥 대충 뛰어~

참으로 알 수 없는
멍멍이다.

이건 뛰고

까익

이건 못 뛰네.

그렇게 도착한 목적지에서
열심히 놀다가

쉬이이이~

마지막 한 방울까지
영역 표시!

자 구놈들 오늘
열심히 놀았으니

집에 가… 헙!

집에… 가…?

그리고 집에 도착하면

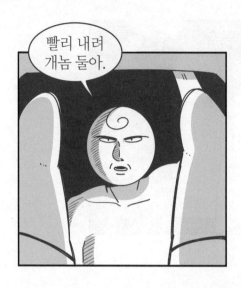

빨리 내려
개놈 둘아.

홍홍구는 끝끝내
내리지 않았다.

여보야~!
홍구 연행~!!!!

구들은 차가 달리는 소리만 듣고도 보호자의 차인지
아닌지를 알 수 있어요. 강아지의 청력은 정말 예민하죠?

차에 탄 구들

궁금함의 눈빛

오늘은 어딜 가는 것이개?

신나는 홍구

차가 흔들리는 것 같개

노곤하개 7

글·그림 | 홍끼

초판 1쇄 인쇄일 2020년 4월 6일
초판 1쇄 발행일 2020년 4월 17일

발행인 | 한상준
편집 | 김민정·강탁준·손지원·송승민
자문 | 한준근(분당 펫토피아동물병원 원장)
디자인 | 김경희
마케팅 | 강점원
관리 | 김혜진
종이 | 화인페이퍼
제작 | 제이오

발행처 | 비아북(ViaBook Publisher)
출판등록 | 제313-2007-218호(2007년 11월 2일)
주소 | 서울시 마포구 월드컵북로 6길 97(연남동 567-40 2층)
전화 | 02-334-6123 전자우편 | crm@viabook.kr
홈페이지 | viabook.kr

ⓒ 홍끼, 2020
ISBN 979-11-89426-86-6 04810